«Les enquêtes de John Dœuf»

Pour quelques noisettes de plus

Tristan Pichard
Christophe Boncens

LOCUS SOLUS

Ce que je préfère à l'automne, les enfants, ce sont les châtaignes.
À chaque fois que j'en mange, je repense à l'une de mes enquêtes…

Je me souviens que j'allais justement me régaler d'une superbe châtaigne quand :

Toc, toc, toc !

– Quoi encore ? On ne dérange pas les gens à table, c'est très impoli.
Me voilà, me voilà.

– Crête-Rouge ! Vous partagerez bien quelques châtaignes ?

– C'est gentil de m'inviter, *me répond le coq*, mais un vol vient d'avoir lieu. On a dérobé à l'écureuil sa réserve de noisettes. Seul **Maître Goupil** a pu faire ça !

– Mmm… Il ne faut pas accuser sans preuve, même ce filou de renard. Je vais mener mon enquête.

– Allez-y, John Dœuf, l'écureuil vous attend.

J'aurais mieux fait de finir mon repas plutôt que de mettre mon museau dans cette drôle d'affaire :

POUR QUELQUES NOISETTES DE PLUS...

L'écureuil n'arrête pas de parler.
Il n'écoute même pas les questions que je lui pose.

– Mes noisettes, mes précieuses noisettes, mon trésor ! Hier encore, elles étaient là. Toute ma réserve pour l'hiver ! Et ce matin, plus rien.
Le renard, je suis sûr que c'est le renard.
Il faut le retrouver, il faut prévenir le chien, et le fermier, et tous les animaux... John Dœuf, il me faut mon trésor !

Je connais bien les écureuils, pour eux rien n'est plus important que leurs noisettes. Quand elles disparaissent, ça les met toujours dans cet état.

À la sortie de l'arbre creux, le pivert est là.
Les nouvelles vont vite dans la forêt.

– Très tôt ce matin, je creusais tranquillement un peu plus bas dans cet arbre quand on m'a assommé, *affirme-t-il*. Je ne l'ai pas vu, mais je suis certain que le renard est derrière tout ça.

– Et pourquoi lui ?

– Parce que **le renard est méchant**, c'est forcément lui.

Décidément, personne n'aime Maître Goupil.

Je me rends alors auprès de la lapine.

– Et toi, Lapine, as-tu remarqué quelque chose ce matin ?

– Je dormais dans mon terrier quand les coups de bec du pivert m'ont réveillée, puis j'ai entendu un gros boum, suivi de plein de petits **poc, poc, poc.**

– J'imagine que tu es sortie voir ?

– Non, j'avais trop peur... *répond la lapine*. D'ailleurs je n'étais pas la seule, j'ai entendu quelqu'un qui s'éloignait en gémissant.

Entre le pivert qui se fait assommer avant de voir le voleur et la lapine cloîtrée dans son terrier, me voilà bien avancé...

– John Dœuf ? C'est pas souvent qu'on te voit par ici, *me dit la belle Ginette.*

– Figure-toi que j'enquête sur une disparition de noisettes. À ce propos, que tiens-tu entre tes pattes ?

– Tiens, des noisettes justement. Peut-être suis-je la voleuse ? ...même si je préfère les châtaignes.

– C'est comme moi. Je t'inviterai peut-être à en manger chez moi.

– Et j'accepterai peut-être ton invitation, *réplique-t-elle*.
Quant aux noisettes, j'en ai trouvé une ici, et l'autre là-bas.
Il semble que le voleur les sème derrière lui et qu'il va
dans cette direction…
– Oh, oh, il s'agit là du territoire de **Maître Goupil !**

– Mais regardez qui voilà : John Dœuf le détective !
Que viens-tu faire si loin dans la forêt ? *me dit le renard*.

– Tu dois bien avoir une idée, Goupil.
On a volé toutes les noisettes de l'écureuil.

– Et tu penses que c'est moi qui ai fait le coup ?
J'ai autre chose à faire, crois-moi. Un hérisson vient d'élire domicile dans mon terrier. Il ne cesse de pleurnicher.
S'il n'avait pas autant de piquants sur le dos, je l'aurais chassé.

– OK, Goupil. Alors, je vais rendre une petite visite à ton nouveau locataire. Mais nous nous reverrons bientôt.

Arrivé sur les lieux, je le cherche un moment et finis par le trouver.

– Qui es-tu ? Est-ce que tu me veux du mal ? *gémit le hérisson.*
– Je m'appelle John Dœuf et je suis détective, ne crains rien.
Où étais-tu ce matin ?
– Je cherchais un abri. Il y a des bruits effrayants dans la forêt, il y a des choses qui tombent des arbres...
Il y a surtout **le renard.**

– Et que fais-tu quand tu as peur ?
– Je me mets en boule, mes piquants me protègent.
Mais ce n'est pas suffisant, je suis content d'avoir découvert ce terrier.
– Ce n'est pas une bonne idée de rester ici. Je vais demander au coq de te trouver une nouvelle maison, loin de Goupil.

Hé, hé, j'en sais à présent assez pour résoudre cette affaire.

Me voici de retour auprès du coq.

– Crête-Rouge, j'ai interrogé l'écureuil, le pivert, la lapine et le hérisson. J'ai aussi parlé avec Ginette, la raton-laveur, et Maître Goupil, le renard. J'ai bien regardé ce qu'il y avait à regarder, j'ai bien écouté ce qu'il y avait à écouter et **je sais ce qui s'est passé.**

– Donnez-nous vite vos indices, John Dœuf, *s'empresse le coq.*

Je rassemble tout le monde.

Et bien voilà :
ce matin, le pivert creuse
dans l'arbre où les noisettes
étaient cachées.

Les noisettes s'échappent par
le trou en assommant le pivert.

Le lapin entend un gros boum.
C'est le pivert qui tombe.
Le hérisson qui passe par là
prend peur et se met en boule.

Les noisettes tombent en faisant
plein de petits poc, poc, poc et
restent accrochées aux piquants
du hérisson.

Le hérisson traverse la forêt en
semant des noisettes derrière lui
et s'installe chez Maître Goupil.

– Mes noisettes, mes précieuses noisettes, mon trésor… *s'exclame alors l'écureuil.* **Aïe, ça pique !**

Et voilà un mystère résolu. En réalité, personne n'avait rien volé du tout. Le pivert et la lapine n'avaient rien vu, le hérisson avait filé sans attendre et, une fois dans le terrier, personne ne pouvait remarquer qu'il portait les noisettes… sur lui !

Cette histoire m'avait donné faim, j'allais pouvoir me remettre à table.

– Vous voyez, les enfants, j'aime toujours autant les châtaignes.
Par contre, depuis cette affaire, je n'ai jamais plus mangé de noisettes !

– Papy John Dœuf, papy John Dœuf, insistent mes petits, et Ginette, elle a accepté ton invitation ?

– Je vous raconterai ça une autre fois, peut-être...

Des mêmes auteurs :

Un œuf disparaît — *Cahier-jeu John Dœuf*

« Loi n°49-956 du 16 juillet 1949 sur les publications destinées à la jeunesse, modifiée par la loi n°2011-525 du 17 mai 2011. »

Photogravure Procolor, Quimperlé
Impression Cloître, Saint-Thonan (29)
Dépôt légal 1er trimestre 2013.

IMPRIM'VERT®

Collection MINUS
ISBN 978-2-36834-001-1

Le QR code en 4e de couverture est activable par smartphone (app. gratuite sur Bookbeo.fr) ou via l'URL : m-locus.fr/johndoeuf

Ouvrage publié avec le soutien du Conseil Régional de Bretagne.

LOCUS-SOLUS.FR